AF259645

LETTRE

D'EUSÈBE A SON AMI.

PAR M. LAYA,

PROFESSEUR D'ÉLOQUENCE FRANÇAISE A LA FACULTÉ
DES LETTRES (ACADÉMIE DE PARIS), ET PROFESSEUR
DE RHÉTORIQUE AU LYCÉE HENRI IV.

TROISIÈME ÉDITION.

A PARIS,

CHEZ FRANÇOIS LOUIS,

LIBRAIRE, RUE DE SAVOIE, N° 6.

1815.

AVERTISSEMENT.

« Soyez-vous à vous-même un sévère censeur. »

(Despréaux.)

LES personnes qui voudront bien comparer cette édition avec la seconde, et surtout avec la première, reconnaîtront, à d'innombrables changemens, que je me suis, en effet, jugé moi-même plus *sévèrement* que ne l'ont fait mes censeurs. Je leur devais à presque tous des remercîmens : pour leur mieux témoigner ma reconnaissance, je me suis empressé de profiter de leurs critiques.

ARGUMENT. *

Le jeune Eusèbe, à vingt ans, est resté sans famille, sans fortune, sans autre ressource que quelques dons naturels, cultivés par une bonne éducation, et les germes d'un grand talent pour l'éloquence, que l'étude devait développer. — Il s'embarque pour les colonies. — Son arrivée. — Ses succès. — Son mariage. — Quelque temps se passe. — Le souvenir de sa patrie, qui est aussi celle de sa femme, se réveille dans l'âme des deux époux : ils partent, emportant avec eux tout ce qu'ils possèdent. — Leur naufrage, causé par l'explosion d'un volcan sous-marin. — Leur vaisseau brisé s'abîme à la vue des côtes. — Eusèbe est jeté seul sur le rivage. — Son désespoir. — Il entre dans une maison de religieux hospitaliers. — Son noviciat. — Ses vœux. — Il retrouve sa femme. — Dénouement.

---

* Le fond de cette narration est historique ; quelques personnes savent même le véritable nom du personnage qui en est le héros.

LETTRE

D'EUSÈBE A SON AMI.

(C'est de la Chartreuse de....... qu'il écrit.)

Toi que depuis long-temps afflige mon silence,
Qui, peut-être, cessant de pleurer mon absence,
Crois devoir à ma perte un souvenir pieux,
Rassure-toi : mon âme, en aspirant aux cieux,
Du corps qui la maîtrise esclave involontaire,
Par d'invincibles nœuds tient toujours à la terre.
Hélas ! des longs tourmens dont je crains de guérir,
Depuis cinq ans, ami, j'achève de mourir.
Ecoute : de mes maux, gravés dans ta mémoire,
Conserve en frémissant la déplorable histoire;
Et puisses-tu surtout, par mon exemple instruit,
Des leçons du malheur retirer quelque fruit !
Sans doute, c'est assez d'une seule victime.
Connais donc, mon ami, vois quel affreux abîme
Se creuse l'insensé qui, dans son désespoir,
Augmente ses tourmens de ceux qu'il veut prévoir;
Et, du sort ennemi se faisant le complice,
S'en va dans l'avenir prolonger son supplice !
Aux volontés du ciel cédant sans murmurer,
L'homme en ses plus grands maux doit toujours espérer.

Mes mains au monument où reposait ma mère
Venaient de confier les restes de mon père :
Sans famille, sans biens, jeune homme infortuné,
Dans l'âge des plaisirs de deuil environné,
Roseau faible et courbé sous les coups de l'orage,
Je sus me relever à force de courage ;
Et, soulevant le poids d'une grande douleur,
Opposer à mon sort l'égide du malheur,
La constance : le ciel, aux rives étrangères
Me faisait espérer des destins moins contraires ;
Je m'embarque. A Thémis j'ose offrir mes essais ;
Quelques heureux talens qu'enhardit le succès,
Par l'étude agrandis, mûris par l'infortune,
M'ont bientôt retiré de la foule commune.
Mon nom, cher à la veuve, au faible, à l'opprimé,
Par la reconnaissance et l'amour proclamé,
Volait de bouche en bouche.... Ami, qu'ils ont de charmes
Ces honneurs consacrés par les plus douces larmes,
Tous ces trésors d'estime acquis par des bienfaits !
Qu'on est riche, entouré des heureux qu'on a faits !
Du sévère public la clameur importune
Ne vient pas accuser votre noble fortune,
Lorsque vous-même, ardent à la justifier,
Par d'utiles vertus avez su l'expier.
De ces tributs d'amour mon cœur était avide.
Le dirai-je pourtant? Un je ne sais quel vide
Au sein de ma fortune importunait ce cœur
Malheureux d'avoir seul à goûter son bonheur.
Notre âme autour de soi cherche une âme fidèle
Qui pense, qui jouisse, ou qui souffre avec elle :
J'appelais cet appui de ma prospérité ;
Et bientôt sur mes jours signalant sa bonté,

Le ciel vint me l'offrir en son plus digne ouvrage :
Thérèse, c'est son nom ; seize ans, c'était son âge.
Ses yeux étaient plus doux que l'azur d'un beau jour ;
Embellis de pudeur, ils s'ouvraient à l'amour,
Qui déjà révélait, sous leur paupière humide,
D'un cœur qui va brûler la flamme encor timide.
Tel, devançant ses feux, le flambeau du matin
Jette au sein des vapeurs un rayon incertain.
De l'un des purs esprits de sa divine essence,
Dieu même avait formé sa jeune intelligence.
C'est ainsi qu'on nous peint, ayant quitté le ciel,
La jeune déité sous le toit d'un mortel !
O jours trop expiés de mes destins prospères !

La France, où je laissai la cendre de mes pères,
Où ma jeune compagne avait reçu le jour,
Etait un double objet de regrets et d'amour :
Vers leur commun berceau nos âmes ramenées,
Y reprenaient le cours de nos jeunes années,
Recommençaient la vie ; un sentiment pieux
Nous y montrait la tombe où dormaient nos aïeux,
Où nous devions un jour rejoindre leur poussière....
Tous les deux nous quittons la terre hospitalière
Où ses jours et les miens, dans la paix écoulés,
Jamais d'aucun revers n'avaient été troublés.
Nous partons : mon vaisseau, qu'un souffle heureux seconde,
Emportant tous mes biens, fend les plaines de l'onde ;
La mer calme, le ciel resplendissant et pur,
Nous ouvrent un passage entre leur double azur.
Des derniers feux du jour dans le lointain dorées,
Déjà sortaient des eaux les rives adorées.

Salut, terre natale ! Oh ! que puissent mes pleurs
Bientôt mouiller ton sol, ta verdure et tes fleurs !....
Que dis-tu ? malheureux ! Les échos de ces rives
Ne vont plus retentir que de douleurs plaintives.
O terreur !.... tout-à-coup se dérobe à nos yeux
Cet azur rassurant, ce doux éclat des cieux !
A ce jour pur succède une nuit enflammée ;
La mer s'enfle, exhalant une ardente fumée,
Roulant les noirs limons, les métaux ruisselans
Que la terre en douleur rejette de ses flancs.
Un Vésuve nouveau, qui couvait sous les ondes,
Ouvre, en la déchirant, ses entrailles profondes.
Dans les flots bouillonnans le bitume mugit ;
L'air, que le soufre brûle, avec fureur rugit ;
Sous nos pieds la mer tonne, et le ciel sur nos têtes.
Mon vaisseau, frêle abri qu'assiégent les tempêtes,
Par la vague tantôt vers la côte lancé,
Tantôt en pleine mer par elle repoussé,
Jouet de sa furie, ici fuit dans l'abîme ;
Là, sur elle incliné, monte et pend à sa cime :
Et d'ondes et de feux de toutes parts pressés,
Par la terre, et la mer, et le ciel menacés,
Nous roulons, égarés au sein du gouffre immense
Où l'antique chaos sous nos pieds recommence :
C'en est fait !.... Recevez, terre de nos neveux,
Pour tous vos descendans l'hommage de nos vœux.
Reçois, sol paternel, les âmes fugitives
De tes fils, sans tombeaux expirant sous tes rives.
En ce commun désastre, en ce désordre affreux,
Du moins, je goûte encor le bonheur douloureux
De mourir embrassé de celle que j'adore.....
Non, ce dernier bonheur, hélas ! m'échappe encore !

Le foudre souterrain, s'enflammant de nouveau,
Lance d'affreux rochers qui brisent mon vaisseau.
Roulant de flots en flots sur l'abîme qui gronde,
Ses débris dispersés sont refoulés par l'onde
Vers la rive où moi-même, en leur cours entraîné,
J'ai revu, j'ai touché la terre où je suis né ;
Mais seul !.... Les flots jaloux ont gardé ce que j'aime !
Déplorable moitié de cet autre moi-même,
Sur le sable jeté, meurtri, glacé, mourant,
Quel est mon désespoir et mon cri déchirant,
Quand le pâle rayon de l'aube blanchissante
Ne me laisse plus voir que mon épouse absente !
Quel terrible moment ! quels pensers ! quel effroi !
Devant moi l'Océan ! des débris près de moi !
Et des corps mutilés qui rougissent l'arène !
Sur ce champ de la mort à pas lents je me traîne,
Observant, d'un regard avide et douloureux,
Jusqu'en leurs moindres traits ces cadavres affreux ;
La cherchant, l'appelant, craignant de reconnaître
Ses restes adorés.....; le souhaitant, peut-être !
A son nom, l'écho seul, lui seul a répondu !
J'erre, je cherche encor..... rien.... rien.... j'ai tout perdu !
La mer l'a dévorée ! Eusèbe, il faut la suivre.
Eh ! désormais, sans elle, Eusèbe, peux-tu vivre ?
Dans ce monde désert, qu'elle n'anime plus,
Veux-tu traîner le poids de tes jours superflus ?
Mer, qui m'as épargné, mer, tu seras ma tombe.
Je marche.... un froid soudain saisit mes sens.....; je tombe
Immobile..... Un stupide et long égarement
M'a ravi la mémoire et jusqu'au sentiment ;
Faveur qu'il faut bénir en un malheur extrême !
Pourquoi dans ces momens nous rend-on à nous-même ?

Quelle pitié cruelle en nous vient rappeler
Ce souffle de douleur qui voulait s'exhaler ?
Hélas ! des derniers feux qu'en mon sein je recèle
Devait-on ranimer la mourante étincelle?

Fille auguste du ciel, l'active Charité
Me conduit sous le toit de l'hospitalité,
Où respirent en Dieu des hommes vénérables,
Au faible, au malheureux, au pécheur secourables.
Ces prêtres, exercés au secret des douleurs,
Ont bientôt dans mes yeux lu celui de mes pleurs.
Leur piété sensible, inquiète, prudente,
Avait sondé mon cœur et sa blessure ardente ;
Dans ce cœur, de regrets et de feux dévoré,
Comme un baume sauveur elle entre par degré,
Pénètre en tous mes sens, dissipe leur vertige :
Ainsi l'eau du matin vient relever la tige
De ces fleurs qu'un soleil brûlant et meurtrier
Sous le poids de ses feux la veille a fait plier.

Pour adoucir mon cœur, aigri par la souffrance,
Leur zèle ingénieux y versait l'espérance.
Souvent ils me disaient : « Le bien qu'on croit perdu,
« Que Dieu semble ravir, par Dieu même est rendu.
« A l'heure où vous pleurez, on vous pleure peut-être. »
Calmé par cet espoir, je me sentais renaître.
Pour distraire mes maux, ils contaient leurs malheurs :
Eh ! qui n'a point porté son fardeau de douleurs !
D'un tendre égarement victime gémissante,
L'un offrait à son Dieu sa plaie encor récente ;

L'autre, sur son vieux front où revit le passé,
Laissait lire un regret, hélas ! mal effacé :
D'un long tourment d'amour ce front portait l'empreinte ;
La trace reste encor, si la flamme est éteinte.
Je voyais, dans ces traits que l'amour a minés,
L'image de ces rocs par les feux calcinés ;
De ces monts où la foudre imprima son ravage,
Où le volcan éteint a marqué son passage.

Témoin, depuis trois mois, de ces touchans combats,
J'admirais leur constance..... et ne l'imitais pas ;
Mais confident du moins de leurs chastes alarmes,
Je goûtais avec eux la volupté des larmes ;
Des larmes ! seul bonheur qui reste au malheureux !
Ils en versaient sur moi, quand j'en versais sur eux.

Le ciel eut mes sermens : consacré sous la haire,
J'acquis une famille, ils acquirent un frère.
De leurs pieux devoirs pénétré chaque jour,
J'en sus prendre l'esprit, et j'en conçus l'amour.
J'aimai dans sa rigueur leur âpre discipline,
La cendre rappelant l'homme à son origine,
Les tourmens du cilice, hélas ! encor trop doux,
Comparés aux tourmens d'un Dieu mourant pour nous ;
Et ces privations, et ces jeûnes austères,
Ces souffrances du corps à l'âme salutaires.

Des prophètes sacrés méditant les esprits,
Je m'embrasai du feu de leurs divins écrits.

Pour annoncer la foi par eux-même attestée,
Telle qu'à ses élus Dieu l'a manifestée,
Je parus dans la chaire. A cet emploi sacré
Par de nobles essais je m'étais préparé,
Quand, des lois de Thémis interprète équitable,
Je réconciliais l'homme avec son semblable :
Interprète, en ces jours, des arrêts du saint lieu,
Je réconciliai les mortels avec Dieu.
Que l'homme est animé d'une céleste flamme,
Quand ces grands intérêts occupent seuls son âme !
Soutenu de la grâce et plein de son ardeur,
Il monte tout brûlant au trône de splendeur,
Nage en cet océan de lumière profonde,
Et descend radieux illuminer le monde.

Tels étaient mes transports : l'esprit saint quelquefois
Présent à mon esprit, s'énonçait par ma voix ;
Quelquefois le pécheur, que ma menace étonne,
Croyait, plein d'épouvante, entendre Dieu qui tonne ;
Il m'écoutait encor, de remords tout troublé,
Que déjà l'homme en lui s'était renouvelé.
D'autres fois (et c'est là mon plus doux ministère)
Le Sauveur s'annonçait pour racheter la terre ;
De sa miséricorde il ouvrait les trésors ;
Tous y pouvaient puiser, les faibles et les forts ;
Tous offraient à ce Dieu qui calmait leurs alarmes,
L'accord de leurs soupirs, le tribut de leurs larmes.

Un jour.... (jamais, je crois, un souffle plus divin
N'avait fait tressaillir et palpiter mon sein)

A cette heure douteuse où l'aurore timide
De ses premiers rayons éclaire l'ombre humide,
Jeu trompeur de la nuit, un songe avait surpris
Et d'erreur en erreur promené mes esprits ;
Son miroir décevant m'avait fait reconnaître
Le sol qui me reçut, celui qui me vit naître ;
Et, ce prestige heureux m'y portant tour-à-tour,
Je croyais habiter ces deux terres d'amour :
Mais à peine l'airain du haut des airs invite
Aux offices pieux le fidèle lévite,
Ce rêve de bonheur s'est dissipé soudain.

Honteux, à mon réveil, de ce retour mondain,
Ce jour même, au troupeau de mes nombreux fidèles
J'avouais de mon cœur les faiblesses mortelles,
Ces assauts de la chair, ces révoltes des sens
Qui, toujours surmontés, sont toujours menaçans ;
J'avais, dans ces aveux, repris ma vie entière
Du jour où commença ma pénible carrière....
Qu'ils parurent émus, alarmés, interdits,
Quand leurs cœurs, entraînés au cours de mes récits,
Pour la seconde fois me suivirent sur l'onde,
Sur le sein courroucé de cette mer profonde
Où tout ce que j'aimais, leur disais-je, a péri,
Où ma jeune compagne.... Un lamentable cri
Fend la voûte à ce mot : « Eusèbe !.... » C'était elle !
Elle-même ! l'épouse à son époux fidèle,
Dont je pleurais la mort, qui pleurait mon trépas,
Que Dieu me conservait...., qu'il ne me rendait pas !.....
Oh ! qu'après notre simple et vive confidence,
De mes vœux trop hâtés je sentis l'imprudence !

J'accusai mes amis, je maudis leur secours,
Leur funeste pitié qui prit soin de mes jours,
Mes fers que Dieu lui seul a droit de me reprendre,
Qui dans la tombe encor pèseront sur ma cendre.
J'abjurai la vertu, même l'humanité !
Oui, devenu barbare, ami, je regrettai
Que la foudre du ciel, au sein de la tourmente,
N'eût pas, sous mes yeux même, englouti mon amante ! .
« Tu vivras, m'écriai-je, et tu vivras sans moi !... »
A ce penser, saisi d'un sacrilége effroi,
Je défiais la mort, l'éternel, son tonnerre,
L'enfer !.... Eh ! pour Eusèbe, il était sur la terre !...
Que l'homme est faible ! ô Dieu ! qu'il est infortuné,
Une fois qu'à soi-même il est abandonné !

Un désespoir plus doux, mieux déguisé peut-être,
(Car dans l'art de souffrir la femme est notre maître)
Troublait ma jeune épouse ; en nos communs malheurs,
Elle semblait gémir de mes seules douleurs,
Tour-à-tour, s'adressant d'une voix sage et tendre,
A ma faible raison qui ne pouvait l'entendre,
A ma religion, dont mon cœur égaré
Ne reconnaissait plus le langage sacré,
Elle offrait aux regards de chaque solitaire
L'ange consolateur descendu sur la terre.

Forcé de l'admirer, je reprends ma vertu.
« Pour céder la victoire, avons-nous combattu,
« Cher Eusèbe ? me dit cette femme accomplie.
« Notre double carrière en ce monde est remplie.

« Votre second serment, trompant notre avenir,
« Rompt nos liens de chair, et doit nous désunir.
« Vivans, Dieu nous sépare; à sa gloire éternelle,
« Prévenant notre espoir, vivans il nous appelle.
« Ces nœuds, qu'au nom du ciel, le cloître a vu lier,
« La terre a-t-elle droit de les résilier?
« Je l'ignore; et, soumise au ciel plus qu'à la terre,
« Dans l'avoué de Dieu je ne vois plus qu'un frère.
« L'Eglise est votre épouse; en m'arrachant à vous,
« Ce Dieu, qui vous remplace, Eusèbe, est mon époux. »

Tels sont ses derniers mots; ses lèvres innocentes
Impriment chastement sur mes mains frémissantes
L'adieu, le triste adieu qu'elle dit aux mortels.
Le cloître rigoureux l'enchaîne à ses autels:
Là, s'ouvre à ses vertus une sainte carrière;
Là, pour moi, vers le ciel va monter sa prière,
Jusqu'au jour où son âme, abandonnant ce lieu,
Réunie à mon âme, ira se joindre à Dieu.

FIN.

NOTA. *On trouve, chez le même Libraire,* l'Epître à un jeune
cultivateur.

A. EGRON, IMPRIMEUR DE S. A. R. LE DUC D'ANGOULÊME,
rue des Noyers, n° 37.

www.ingramcontent.com/pod-product-compliance
Lightning Source LLC
Chambersburg PA
CBHW051326050726

47595CB00008B/3733